AF454636

Vente du Jeudi 11 Janvier 1883

HOTEL DROUOT, SALLE N° 5

A DEUX HEURES

INTÉRESSANTE COLLECTION

DE

ARMES ANCIENNES

OBJETS DE CURIOSITÉ

MEUBLES

Tapisserie de la Renaissance

EXPOSITION PUBLIQUE

Le Mercredi 10 Janvier 1883, de 1 heure 1/2 à 5 heures 1/2.

Mᵉ ESCRIBE	M. A. BLOCHE
COMMISᵗᵉ-PRISEUR	EXPERT
rue de Hanovre, n° 6	rue Laffitte, n° 44

PARIS — 1883

V⁰ RENOU, MAULDE et COCK

IMPRIMEURS DE LA COMPAGNIE DES COMMISSAIRES-PRISEURS

Rue de Rivoli, 144.

CATALOGUE

D'UNE INTÉRESSANTE COLLECTION

DE

ARMES ANCIENNES

Armures, Arquebuses, Pistolets, Épées, Hallebardes

Couteaux de chasse, Poignards, Éperons. Poudrières. Arbalète

Casques

OBJETS DE CURIOSITÉ

MEUBLES EN BOIS SCULPTÉ

Belle Tapisserie de la Renaissance

ÉTOFFES

DONT LA VENTE AURA LIEU

HOTEL DROUOT, SALLE N° 5

Le Jeudi 11 Janvier 1883

A DEUX HEURES

M° ESCRIBE	M. A. BLOCHE
COMMISSAIRE-PRISEUR	EXPERT
rue de Hanovre, n° 6	rue Laffitte, n° 44

EXPOSITION PUBLIQUE

Le Mercredi 10 Janvier 1883, de 1 heure 1/2 à 5 heures 1/2.

PARIS — 1883

CONDITIONS DE LA VENTE

Elle sera faite au comptant.

Les Adjudicataires paieront CINQ POUR CENT, en sus des enchères, applicables aux frais.

DÉSIGNATION

ARMES

1 — Armure en fer uni garnie de clous. xvi⁰ siècle.

2 — Armure en fer uni avec rayures gravées, xvi⁰ siècle.

3 — Armure en fer, avec cuirasse à pointe, xvi⁰ siècle.

4 — Basque à visière. forme masque en fer, xvi⁰ siècle.

5 — Belle arquebuse avec canon signé : Johann Hempse Eyffurdt, bois orné d'incrustations d'ivoire, représentant des animaux et des paysages. batterie à rouet, boîte à poudre à la crosse, xvi⁰ siècle.

6 — Arbalète du xvi⁰ siècle.

7 — Pistolet avec belle garniture en fer ciselé, à figures et arabesques, signé : *Lorenzo de Stefani*. xvi⁰ siècle.

8 — Pistolet avec crosse à jour. signé : Piero Moreto.

9 — Deux Pistolets à pierre. canon de *Lazarino Cominazo*. garniture en cuivre.

10 — Lanterne processionnelle avec hampe garnie en velours rouge garni de frange. xvi⁰ siècle.

11-20 — Onze Hallebardes en fer, avec hampes garnies
de clous.

21-22 — Quatre Lances avec hampes garnies de clous.

23-24 — Deux Masses d'armes.

25 — Dix Faisceaux en bois sculpté argenté et doré
surmontés de casques.

26 — Deux Poudrières en fer, xviᵉ siècle.

27 — Poudrière en corne sculptée, xviᵉ siècle.

28 — Paire de Pistolets avec garniture en fer ciselé,
ornés de têtes, époque Louis XIV.

29 — Long Pistolet avec garniture finement découpée
à jour, dessin à arabesques, canon signé :
Piéro Inzi, Franci, xviiᵉ siècle.

30 — Belle épée à lame longue et fine, avec poignée en
fer, garde à corbeille, ajourée et à cinq branches et quillons courbes, xviᵉ siècle.

31 — Claymore, garde en fer, xviiᵉ siècle.

32 — Epée à longue lame, garde à triple branches et
quillons droits, xviᵉ siècle.

33 — Epée à lame plate, avec garde à corbeille, forme
coquille en fer, xviiᵉ siècle.

34 — Epée de chevet à lame fine, garde forme coquille, pommeau à jour, xviᵉ siècle.

35 — Grande Epée à lame longue, garde à coquille
et à quatre branches, quillons courbes, xviᵉ
siècle.

36 — Epée à longue lame plate, poignée à torsade,
garde à coquilles ajourées et triple branche,
quillons droits, pommeau cannelé, xvi° siècle.

37 — Epée à longue lame, garde à coquille, défendue
par une double branche, quillons courbes, xvi°
siècle.

38 — Epée à lame fine, avec garde forme couronne,
pommeau orné d'arabesques, xvi° siècle.

39 — Epée avec garde ajourée, ornée de bustes de personnages, xvii° siècle.

40 — Main gauche avec garde à quillons courbes, xvi°
siècle.

41 — Epée à lame longue, poignée à torsade, garde à
triple branche, xvi° siècle.

42 — Main gauche avec garde à coquilles et quillons
courbes, xvi° siècle.

43 — Epée à longue lame, avec garde à coquille et
double branche, xvi° siècle.

44 — Epée avec garde à corbeille ajourée, dessin à arabesques, xvi° siècle.

45 — Epée à longue lame, avec poignée à torsade cui-
vrée, pommeau cannelé, garde à corbeille ajourée, dessin à arabesques, xvi° siècle.

46 — Epée de chevet, garde à coquille, quillons courbes, xvi° siècle.

47 — Belle Epée à lame longue et fine, garde à coquille, ornée de rosaces et à cinq branches,
quillons recourbés, xvi° siècle.

48 — Épée à lame longue et plate, poignée à torsade, garde à coquille quadrillée et ajourée, défendue par triple branche, pommeau cannelé, xvie siècle.

49 — Épée à longue lame, gardeà quatre branches enlacées, xviie siècle.

50 — Deux Epées de chevet, gardes à coquilles.

51 — Epée à lame plate garde à triple branche, pommeau orné de mascarons, xvie siècle.

52 — Epée à deux mains avec poignée à torsade, pommeau et extrémités des quillons cannelés, xvie siècle.

53 — Epée avec garde à triple branche, pommeau faceté, xviie siècle.

54 — Belle Epée à deux mains avec garde fleurdelisée, fuseau couvert de cuir, quillons recourbés, pommeau cannelé, xvie siècle.

55 — Epée à lame fine avec garde à triple branche, quillons droits, xviie siècle.

56 — Epée avec garde à corbeille pointillée à jour.

57 — Epée avec garde à corbeille pleine.

58 — Claymore garde à jour, xvie siècle.

59 — Epée à lame longue et plate, garde à corbeille ajourée, surmontée de branches enlacées, xvie siècle.

60 — Epée à lame fine avec garde à corbeille ajourée, dessin à fleurs et rosaces, xvie siècle.

61 — Epée avec garde à corbeille ajourée, dessin à fruits et fleurs, xviᵉ siècle, fourreau en cuir.

62 — Epée avec garde à corbeille quadrillée, quillons courbes, pommeau faceté, xviᵉ siècle.

63 — Epée à longue lame avec garde à coquille défendue par triple branche, xviᵉ siècle.

64 — Epée à lame plate, garde ajourée à fleurs, xviiᵉ siècle.

65 — Grande Epée à lame longue et fine, avec garde à corbeille décorée d'arabesques et de mascarons quillons droits, xviᵉ siècle.

66 — Yatagan à lame gravée.

67 — Belle Epée de cour avec poignée en acier faceté, Louis XVI.

68 — Epée de cour avec garde et poignée en acier faceté, Louis XVI.

69 — Epée de cour avec garde et poignée en acier faceté, Louis XVI.

70 — Epée de cour à lame plate, avec armoirie fleurdelisée, garde et pommeau en cuivre poli, fourreau en cuir, Louis XVI.

71 — Couteau de chasse, poignée en ivoire, garde en acier à jour.

72 — Service de chasse avec jolie monture en cuivre doré, Louis XV.

73 — Couteau de chasse avec poignée en ivoire.

74 — Grand Couteau présentoir avec son fourreau garni en cuivre, XVe siècle.

75 — Petit Couteau à lame découpée, gravée et dorée, XVIe siècle.

76 — Bel Éperon en fer ciselé et damasquiné d'argent, XVIe siècle.

77 — Couteau de chasse, dont le pommeau en fer représente un animal assis, lame gravée et ornée de personnages et d'animaux, XVIIe siècle.

78 — Épée avec garde à coquille ciselée, ornée, au centre, de mufles de lion, XVIe siècle.

79 — Curieuse Selle ou Bât en cuir, avec ornements gravés, XVe siècle.

80 — Dague en fer ciselé et damasquiné d'argent, XVIe siècle.

OBJETS DE CURIOSITÉ

81 — Deux Chaperons de faucon en cuir et velours, l'un est surmonté de son panache, XVIe siècle.

82 — Boîte à fruits en citronnier, garnie d'accessoires, XVIIe siècle.

83 — Petite Coupe en bronze, décor persan, XVe siècle.

84 — Deux Bras en fer forgé, XVIIe siècle.

85 — Tête d'homme en terre cuite.

86 — Bassine en cuivre.

87 — Deux Têtes de Faunes en bois sculpté.

88 — Deux Appliques à trois lumières en bronze. style Louis XVI.

89 — Deux Torchères en cuivre.

90 — Tête de Vierge en bois sculpté.

91 — Paire de Chenets en fer.

92 — Trente-deux Pièces en étain, de formes diverses.

93 — Trois paires de Flambeaux en cuivre.

94 — Deux Bougeoirs en cuivre.

95 — Petit Tableau.

96 — Grelot en cuivre.

97 — Grille en fer.

98 — Cage flamande en cuivre.

99 — Suspension en cuivre.

100 — Moulin à café ancien.

101 — Dessus de glace en fer.

102 — Quatre Panneaux en bois sculpté de la Renaissance.

103 — Divers Panneaux en bois sculpté.

104 — Plat en étain.

105 — Peinture sur bois : Scène de jeu.

106 — Croix en rubis.

107 — Quatre Figurines en porcelaine d'Allemagne.

MEUBLES

108 — Armoire en bois sculpté, xviiᵉ siècle, s'ouvrant à deux battants.

109 — Lit à colonnes en bois sculpté, xviiᵉ siècle.

110 — Horloge avec cage en bois sculpté, xviiᵉ siècle.

111 — Commode en marqueterie de bois, ornée de bronzes, époque Louis XV.

112 — Dressoir en bois sculpté.

113 — Petite Vitrine.

114 — Armoire époque Empire.

115 — Guéridon.

116 — Jardinière Louis XVI.

117 — Console Louis XVI.

TAPISSERIE, ÉTOFFES

118 — Très belle Tapisserie de la Renaissance représentant sainte Cécile assise sur un trône et accompagnant un groupe de musiciens en riches costumes. Dans le bas, se trouve une banderolle avec inscription en caractères gothiques. La bordure est ornée de cartouches. avec la date de 1519.

Pièce rare et curieuse.

Long. 3^m40. Haut. 3^m65.

119 — Grande et belle Carpette d'Orient.

120 — Trois Tapis d'Orient, à dessins variés.

121 — Deux Morceaux de tapisserie ancienne.

122 — Deux Coussins gothiques.

123 — Deux Chasubles.

124 — Lot d'Étoffes Louis XIII.

125 — Lot de Points de Hongrie.

126 — Garniture de lit Louis XIII.

Ve Renou, Maulde et Cock, impr de la Compagnie des Commissaires-Priseurs, rue de Rivoli, 144. 34451